HÉCTOR AGUILAR CAMÍN

JORGE G. CASTAÑEDA

Un futuro para México

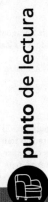

punto de lectura

UN FUTURO PARA MÉXICO
Copyright © 2009 by Jorge Castañeda y Héctor Aguilar Camín
Copyright © 2009 de la ilustración: Jorge Rosa, Retorno Tassier
Copyright © 2009 de la fotografía: Omar Salum

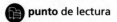 punto de lectura

De esta edición:

D.R. © Santillana Ediciones Generales, SA de CV
Universidad 767, colonia del Valle
CP 03100, México, D.F.
Teléfono: 54-20-75-30
www.puntodelectura.com.mx

Primera edición en Punto de Lectura (formato MAXI): diciembre de 2009
Primera reimpresión: enero de 2010

ISBN: 978-607-11-0400-7

Diseño de cubierta: Fernando Ruiz Zaragoza
Composición tipográfica: Fernando Ruiz Zaragoza
Lectura de pruebas: Yazmín Rosas
Cuidado de la edición: Jorge Solís Arenazas

Impreso en México

Agradecimientos

El presente ensayo debe mucho a las ideas de Manuel Rodríguez Woog, a la colaboración de Emma Vassallo, Elisa Estrada y Alejandra Zerecero, a la lectura y comentarios de José Córdoba y Santiago Levy, y a las reflexiones paralelas de Jesús Silva Herzog-Márquez.

Lo que importa son las emociones subyacentes, la música de la que las ideas no son sino un libreto, a menudo de calidad muy inferior; y una vez que las emociones bajan, las ideas se secan, se vuelven doctrina, cuando no inocuos clichés. Cada época y cada país tiene su leyenda consentida, y regresa a ella en las buenas y en las malas.

LEWIS NAMIER

Índice

I. El peso del pasado 11

II. La necesidad del futuro 17

III. La prosperidad............................. 25
Crecer 27
Monopolios públicos, poderes
fácticos, oligopolios privados 32

IV. Nuestro lugar en el mundo 43
¿América Latina o América
del Norte? 45
Más allá del libre comercio 54

V. Proteger a la sociedad.................... 59
La equidad y la fiscalidad............... 61
Bienestar 67

VI. Educación 73

VII. Democracia...................................... 81

    El empate democrático.................. 83

    Seguridad..................................... 87

    Gobernabilidad.............................. 93

    Construir mayorías........................ 94

    Abrir el régimen de partidos 97

    Fortalecer la presidencia 99

VIII. Hacia el 2012 101

Un apunte final.................................... 111

Siglas y acrónimos empleados................. 113

I. El peso del pasado

México es preso de su historia. Ideas, sentimientos e intereses heredados le impiden moverse con rapidez al lugar que anhelan sus ciudadanos. La historia acumulada en la cabeza y en los sentimientos de la nación —en sus leyes, en sus instituciones, en sus hábitos y fantasías— obstruye su camino al futuro. Se ha dicho que los políticos suelen ser reos de las ideas de algún economista muerto. La vida pública de México es presa de las decisiones de algunos de sus presidentes muertos: esa herencia política de estatismo y corporativismo que llamamos "nacionalismo revolucionario", al que una eficaz pedagogía pública volvió algo parecido a la identidad nacional, bajo el amparo de una sigla mítica —el PRI— que hoy es, a la vez, un partido minoritario y una cultura política mayoritaria.

Esa herencia incluye tradiciones que no se desafían: nacionalismo energético, congelación de la propiedad de la tierra y de las playas, sindicalismo monopólico, legalidad negociada, dirigismo estatal, "soberanismo" defensivo, corrupción consuetudinaria, patrimonialismo burocrático. Son soluciones y vicios que el país adquirió en distintos momentos de su historia: un coctel de otro tiempo, bien plantado en la conciencia pública, que se resiste a abandonar la escena, encarnado como está en hábitos públicos, intereses económicos y clientelas políticas que repiten viejas fórmulas porque defienden viejos intereses.

México ha perdido el paso: camina despacio, sobre todo en Palacio. Parece un país de instituciones débiles, desdibujado en su identidad internacional: un gigante dormido, que luego se agita sin poderse mover. Los países, como las personas, necesitan identidad y propósito, un rumbo deseable: música de futuro. México ha perdido la tonada de la Revolución que le dio sentido simbólico y cohesión nacional durante décadas. El tiempo, los abusos, las crisis económicas limaron al punto de burla la narrativa de notas revolucionarias que durante las décadas de la hegemonía priísta gobernó las creencias del país. Según aquella extensa partitura, el país venía de una gesta revolucionaria cuyos propósitos de democracia y justicia social seguían cumpliéndose siete décadas después de iniciado el movimiento que supuestamente constituía su origen. No había democracia ni justicia social, pero había una épica oficial que le daba sentido o legitimidad incluso a las aberraciones del régimen. Lemas y credos elementales de aquella narrativa siguen siendo la región límbica de la cultura política del país, un repertorio instintivo de certezas, propuestas y nostalgias públicas presente en la mayoría de los políticos profesionales, no sólo en los priístas.

Apenas había empezado la obertura que sustituiría al nacionalismo revolucionario, el salto a la modernidad de los noventa, cuando la triste trilogía del año 1994 —rebelión, magnicidios, crisis económica— destruyó la credibilidad del nuevo libreto. La democracia se quedó como dueña de la escena. Fue un buen espectáculo rector que alcanzó su clímax en la alternancia del año 2000, pero a partir de entonces la escena empezó a quedarle grande. Nueve años después, la democracia parece una diva a la que se le terminaron los trucos. El puro libreto de la democracia, por naturaleza discordante, no basta para darle al país la narrativa de futuro que necesita.

Las elecciones de 2000 y 2006 hubieran podido constituir poderosas plumas para escribir esa nueva narrativa; se quedaron en referéndums para evitar "males mayores": la permanencia del PRI en la casa presidencial, y la llegada a ella de un candidato descrito como un peligro para México. El PRI salió de Los Pinos pero no del alma de México. Las estrategias vencedoras sirvieron para ganar, no para gobernar.

II. La necesidad del futuro

México ha pasado del autoritarismo irresponsable a la democracia improductiva, de la hegemonía de un partido a la fragmentación partidaria, del estatismo deficitario al mercantilismo oligárquico, de las reglas y los poderes no escritos de gobierno al imperio de los poderes fácticos, de la corrupción a la antigüita a la corrupción *aggiornata*. Es la hora del desencanto con la democracia por sus pobres resultados. Preocupa en la democracia mexicana la resignación que impone a sus gobiernos, el triunfo del reino de lo posible como sinónimo de estancamiento, incertidumbre, falta de rumbo nacional. Un país, se diría, al que le sobra pasado y le falta futuro.

Hasta su discurso de septiembre pasado, en su famoso decálogo de intenciones de cambio, la única línea de futuro deseable lanzada desde el gobierno actual ha sido la lucha decidida y necesaria contra el crimen organizado. Produjo en buena parte la popularidad del presidente, pero no de su gobierno, ni de su partido. Hace falta algo más que eso para sacar al país de su estancamiento anímico y político. Es necesaria una nueva épica nacional cuyo eje no puede ser sino el bienestar de las mayorías, la promesa de seguridad, empleo, educación, salud, movilidad y seguridad social: un horizonte de modernidad que ampare el surgimiento de sólidas y mayoritarias clases medias. Urge una épica de prosperidad, democracia y equidad, que no está trazada con claridad en ninguna parte.

México necesita salir de su pasado. Puede hacerlo por la vía democrática convirtiendo las elecciones de 2012, desde hoy, en un referéndum sobre el futuro. Lo que sigue es una propuesta de futuro para ser debatida, ojalá vuelta programa y votada en 2012, de modo que las elecciones de ese año no sean sólo sobre personas y partidos, sino también sobre el país próspero, equitativo y democrático que quieren los mexicanos: una sociedad de clase media que se parezca, como una gota de agua, a las demás.

Para ponerse en ese camino, deben tomarse cuatro decisiones estratégicas:

1. Asumir los cambios que requiere la economía para crecer;
2. Decidir el lugar que se quiere ocupar en el mundo;
3. Universalizar los derechos y garantías sociales necesarios para construir una sociedad equitativa, donde más de las dos terceras partes de la misma vivan más o menos igual;
4. Hacer productiva la democracia mediante reformas institucionales que garanticen la seguridad de los ciudadanos y la fluidez de los cambios que requiere el país.

No tratamos de convencer sino de hablar claro para movilizar a la sociedad civil y a las élites nacionales —empresariales, sindicales, intelectuales, religiosas, tecnocráticas y hasta políticas— para debatir estas ideas y la forma como deben acompasarse y encadenarse para formar un todo complejo, audaz y armonioso. De responder los partidos y candidatos a las preguntas pertinentes, el 2012 se transformará en un referéndum sobre el programa del futuro. Nuestras respuestas preliminares, tentativas e incompletas, no constituyen una lista de buenos deseos. Obedecen a una coherencia interna cuya secuencia es la siguiente.

Para construir la sociedad de clase media que queremos, hay que crecer. Para crecer, hay que liberar la excepcional y legendaria vitalidad de la sociedad mexicana, quitándole los candados impuestos por la concentración de poderes fácticos de toda índole. Para obtener los recursos, las oportunidades y los mercados necesarios para desmantelar el viejo corporativismo mexicano hay que insertarse con ventaja en el mundo. Para asegurar que el crecimiento consiguiente se distribuya mejor que antes, hay que construir una red de protección social del siglo XXI para todos los mexicanos, y ofrecer una educación del siglo XXI para los niños y jóvenes. Para brindar a todos la seguridad pública sin la cual toda protección social es ilusa, hay que construir los aparatos de seguridad pertinentes. Y para tomar todas estas decisiones, hay que dotarnos de instituciones que permitan tomarlas.

La base social que aspira a mover esta agenda es clara: la creciente clase media mexicana, vieja y nueva, que requiere desesperadamente un horizonte de expansión. Las condiciones políticas para poner en práctica esas ideas son también claras: la existencia de una coalición que en el 2012 pueda identificarse con esta agenda, la plantee con transparencia al electorado y lo convenza de ello. Sobre advertencia no habrá engaño, ni malentendidos: se ganará o se perderá para algo, no sólo porque sí.

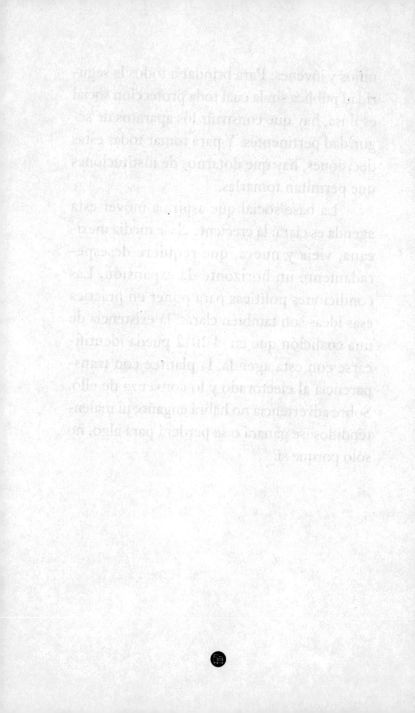

III. La prosperidad

III. La propiedad

Crecer

¿Qué hacer con nuestra economía? ¿Cómo desatar la prosperidad de México? Hemos pasado décadas construyendo programas, algunos de clase mundial para combatir la pobreza. Pero ni en los años de gobierno del PAN, ni en los anteriores del PRI nuestro país ha sido capaz de crear un ciclo largo de prosperidad que cambie su ingreso per cápita de las cifras de un país subdesarrollado a las de uno desarrollado.

¿Cómo abrir el cajón de la productividad y la riqueza? Hay acuerdo entre los expertos en que sólo se vuelven prósperos los países que se lo proponen explícitamente, que alinean sus instituciones y sus decisiones para ello. No hay mucho que inventar. Para crecer mucho hay que invertir mucho y ahorrar mucho. Es necesario, pues, crear condiciones atractivas para la inversión y estímulos claros para el ahorro. Esto implica cambiar la meta nacional de combatir la pobreza a la meta nacional de crear riqueza (sin abandonar lo ganado en programas para la población más desprotegida).

La única manera de crear riqueza y empleo, de elevar el peso de la masa salarial en el producto interno bruto, de fomentar la movilidad social y crear la sociedad de clase media que anhelamos consiste en abrir la economía a la inversión y la competencia global y nacional. Se trata de quitarle a una economía que podría crecer a cinco o seis por ciento anual todos las trabas: crear una efectiva economía de mercado en sustitución de la economía intervenida por monopolios, empresas dominantes, oligopolios y poderes fácticos que nos caracteriza.

Los espacios de generación de riqueza que sustentan la prosperidad de las grandes economías del mundo se hallan capturados en México por empresas públicas monopólicas, por empresas privadas dominantes y por las redes de intereses asociados a ellas: sindicatos públicos y proveedores prebendados en el ámbito estatal; cadenas de negocio y rentas oligopólicas en el orden privado.

Las capturas estatales del mercado y sus regulaciones excesivas frenan la creación de riqueza en ámbitos fundamentales como la tierra, el agua, los bosques, el subsuelo mineral, la infraestructura, la electricidad, el petróleo. Las empresas privadas dominantes y la pobre regulación de sus prácticas abusivas frenan la competencia en escenarios también claves como las telecomunicaciones, los medios, el transporte, la construcción, la industria alimenticia, la banca, el comercio de menudeo. Acotar prácticas monopólicas —fijación de precios, cartelización, asignación de mercados en estos ámbitos— obliga a regular más y mejor, a realizar medidas emblemáticas y a entregarle a la sociedad civil los instrumentos de acción antimonopólica como las acciones colectivas.

Abrir la economía en el ámbito público supone la deconstrucción de los monopolios estatales en todas las esferas y centrar el esfuerzo de crecimiento en la infraestructura (en el sentido amplio, desde aeropuertos hasta WI-MAX), que tendrá un papel decisivo en la competitividad del país. Abrir la economía en el ámbito privado supone domar a los poderes fácticos, estatales y privados, económicos, sindicales, mediáticos y políticos mediante particiones (*break-ups*), regulación, transparencia, competencia, ya no sólo en el frente de los bienes comerciables, como en el Tratado de Libre Comercio, sino también en los no-comerciables, sobre todo los servicios.

Otra razón central por la que la economía no crece es porque el crecimiento de la productividad se ha desplomado, respecto a Estados Unidos y también respecto a otros países de América Latina, no digamos de Asia. El problema no es que los mexicanos trabajemos o ahorremos menos que los demás países de América Latina. El problema es que el esfuerzo de nuestro ahorro y de nuestro trabajo rinde menos que en otros países. Si no aumentamos la productividad, no vamos a recuperar el terreno perdido con respecto al resto del mundo, ni vamos a crecer a tasas cercanas a cinco o seis por ciento.

El estancamiento de la productividad, en especial de la productividad del trabajo, es lo que deprime el crecimiento de los salarios reales y limita el peso de la masa salarial en el producto interno bruto.

Parte de ese estancamiento se debe a la falta de competencia. Otra parte deriva de que México tiene un mercado de trabajo particularmente distorsionado. El mercado de trabajo en México crea muchos empleos, pero muy pocos buenos empleos. Si no se quitan las trabas a la creación de empleos productivos, la mayor competencia no se reflejará en mayor productividad laboral, mayores salarios reales y un mayor peso de éstos en la riqueza nacional. A toro pasado, puede decirse que uno de los grandes errores del Tratado de Libre Comercio de América del Norte fue una apuesta a la que la competencia externa en los mercados de bienes y servicios, por sí sola, sería suficiente para aumentar la productividad laboral y corregir las distorsiones en el mercado laboral.

Más de dos tercios de las empresas y más de sesenta por ciento de los trabajadores del país son informales. En las empresas informales casi no hay capacitación laboral, adopción de tecnologías o innovación; esas empresas tampoco acceden al crédito de la banca comercial. Sobreviven porque evaden al Sistema de Administración Tributaria (SAT), al Instituto Mexicano del Seguro Social (IMSS), al Instituto del Fondo de Vivienda para los Trabajadores (Infonavit), etcétera. Para evadir mantienen tamaños muy pequeños (noventa por ciento de las empresas, tienen cinco o menos trabajadores). En la informalidad la productividad se estanca. El país no va a crecer sólo con el esfuerzo de un tercio de sus empresas y menos de la mitad de sus trabajadores.

Monopolios públicos, poderes fácticos, oligopolios privados

La agenda antimonopólica debe empezar por los únicos monopolios strictu sensu que existen en la república: los estatales, en particular en el sector de energía. La crisis abre la puerta para plantear una transformación radical de estas empresas y su apertura a la inversión privada, nacional y extranjera, minoritaria en ambas, pero suficiente para sujetarlas a reglas de transparencia y contabilidad internacionales (GAAP), derechos de accionistas minoritarios, fiscalización y vigilancia asociadas a la cotización en bolsa tanto en México como vía ADRs en Nueva York. Conviene recordar que ésta es la situación de Petrobras desde el 2001, el caso latinoamericano cuyo éxito celebra el mundo y ante el cual los mexicanos miramos pasar sin tomar nota. La liquidación de la Compañía de Luz y Fuerza del Centro ante la evidencia de su improductividad es un paso significativo en el rumbo correcto, pero está lejos aún de la transformación que se requiere. Un problema semejante de control y descontrol monopólico se presenta en los ámbitos de la salud, donde la tríada IMSS/ISSSTE/secretarías de Salud es prestadora de servicios casi única en el país, y en la educación, donde la red estatal atiende sin evaluación rigurosa ni competencia reguladora a ochenta y cinco por ciento de los alumnos de educación básica.

El segundo tema estatal de la agenda antimonopólica se refiere a la relación del Estado con sus grandes sindicatos: maestros, electricistas, petroleros, burócratas federales y estatales, universidades públicas, trabajadores de la salud. Se trata, según como se hace la cuenta, de entre cuatro y 5.5 millones de trabajadores sujetos todos a un sindicalismo monopólico al que se pertenece no por elección sino porque los sindicatos son titulares únicos del contrato de trabajo. Éste incluye la cláusula de exclusión mediante la cual el sindicato puede exigir el despido del trabajador que no quiera pertenecer a él. La autoridad —la empresa pública, la dependencia, muchas universidades— retiene las cuotas sindicales sin consultar a los trabajadores, entregándolas a las dirigencias sindicales, que la misma autoridad reconoce y legitima con la famosa toma de nota. Una medida clave contra este sindicalismo corporativo construido con la complicidad del Estado sería suspender la retención de cuotas por el empleador gubernamental para volver a lo básico: que sean los trabajadores quienes individual y voluntariamente aporten sus cuotas a sus sindicatos. Además de restablecer la transparencia, la libertad y la democracia sindicales, esta medida cortaría el cordón umbilical que une al gobierno con el corporativismo. De mayor calado sería el fin de la cláusula de exclusión contenida en la Ley Federal de Trabajo, con la supresión de la diferencia entre sindicatos de Apartado A (industria) y B (burócratas), así como el establecimiento de elecciones transparentes y la coexistencia de sindicatos en la misma empresa, como sucede en Chile o Francia, eliminando asimismo la toma de nota.

Las redes sindicales del Estado son bastiones de atraso político por su falta de democracia interna y por su relación clientelar con las autoridades. Más que organizaciones gremiales, son fuerzas políticas sin cuyo acuerdo es prácticamente imposible transformar su sector y los sectores sumados de esos sindicatos son el corazón de la economía, del empleo y de la organización social mexicana. Su capacidad de encabezar los cambios es nula pero su capacidad de impedirlos es enorme. Hay un sindicato grande resistiendo cada una de las reformas grandes que requiere el país.

En el frente político, la agenda debe incorporar la apertura de las elecciones a candidatos independientes como opción ante el monopolio que detentan los partidos de la expresión electoral en México. Las candidaturas independientes acotan el monopolio de las nominaciones, abriéndolas a la sociedad. Parecen particularmente viables y necesarias en el ámbito local, donde el trayecto y el prestigio de un candidato puede suplir la falta de partido y vencer sin construir grandes aparatos. Parecen más difíciles de lanzar y sostener mientras mayor es el ámbito de sus pretensiones. Más allá de que puedan ganar o no sus elecciones, la sola presencia de candidatos independientes animaría el proceso con voces frescas, menos comprometidas con partidos e intereses previos, más capaces de inducir debates creativos y refrescar viejas agendas partidarias. Uno de los ejemplos contemporáneos más interesantes en esta materia reside en el éxito (ha rozado veinte por ciento de la intención de voto) de la candidatura independiente de Marco Enríquez-Ominami en Chile, país con una tradición partidista mucho más arraigada que la nuestra. Después de veinte años de magníficos gobiernos de la Concertación, la ciudadanía se hartó de sus integrantes, sin dejarse convencer del todo por sus opositores. Enriquez-Ominami, joven diputado socialista con apellidos de doble abolengo político, buscó inscribirse en las primarias de la coalición de centro-izquierda; no lo dejaron, pero la ley chilena sí permite las candidaturas sin partido. Consiguió las firmas y ha puesto en aprietos a la propia Concertación.

Desde el punto de vista empresarial, México es un país de cientos de miles de pequeñas empresas y un puñado de imperios corporativos con un dominio casi completo de su sector. Algunos de estos imperios son públicos, otros son privados. La propiedad no es lo esencial. El problema es la falta de competencia y de alternativas. El viejo sistema sobrevive perfectamente con empresas dominantes públicas o privadas. El grado de concentración del capital y de la actividad económica son elevados. Las quinientas empresas mayores tienen ventas equivalentes a ochenta por ciento del producto interno bruto. (En Estados Unidos, de acuerdo con *Fortune*, las 500 empresas más grandes en 2006 contribuyeron a 73.4 por ciento del PIB.) No hay espacio para nuevos tiradores. Lo dijo *The Economist* hace tres años: importar cemento, generar electricidad, buscar petróleo, poner una telefónica, abrir una tercera cadena de televisión o crear un banco competitivo (no vinculado a otra megaempresa) es prácticamente imposible en México.

Nadie se llama a engaño: no hay economía de mercado sin concentración del capital. Los marcos regulatorios, por rigurosos que sean, siempre son insuficientes. Si se quiere ir a la economía de mercado hay que ir también a la regulación del mercado. El reto fundamental en esta materia es dotar de autonomía y poderes a los entes regulatorios, empezando por la Comisión Federal de Competencia (Cofeco), para que ejerzan con efectividad sus funciones. Se requieren instituciones reguladoras con dientes, capaces de iniciar acciones legales con sus investigaciones a través de la Procuraduría General de la República (PGR).

El poder de los entes regulatorios debe incluir toda la gama de facultades y sanciones para acotar las prácticas monopólicas, pero no serán verdaderas autoridades mientras no tengan la facultad de plantear la partición de empresas dominantes para garantizar el reinicio de la competencia en los distintos sectores, como ha sucedido en distintos momentos en Francia, Alemania y Estados Unidos, o de abrir la entrada de nuevos actores en mercados cerrados en los hechos. La partición de empresas con presencia excesiva en el mercado es parte de la historia del capitalismo mundial, empezando con el desmantelamiento de la Standard Oil de John D. Rockefeller en 1911 en Estados Unidos, gracias a la Ley Sherman anti-trust. No tendría por qué no ser un expediente de la protección de la competencia en México, donde distintas empresas controlan porcentajes muy altos de su mercado. La telefonía fija tiene una concentración de 81.4

por ciento, la telefonía móvil de 74 por ciento, las audiencias televisivas de 68 por ciento, la producción del cemento de 49 por ciento, el comercio al menudeo de 54 por ciento, la de harina de maíz industrializada de 93 por ciento, la industria cervecera de 62 por ciento. Tres bancos concentran 61.4 por ciento del mercado.

La regulación fuerte y con sentido debe desplazar a la regulación torpe que no lo tiene. El estado debe desmontar draconianamente la gigantesca red de regulaciones que ha construido en estos años, la maraña de trámites que hacen que el tiempo promedio de apertura de un negocio en México sea de cincuenta y siete días mientras en Canadá es de máximo tres y en Estados Unidos de cuatro.

Sólo una economía de mercado fuerte, abierta, competitiva, antimonopólica podrá crear la riqueza y los empleos que prometen huecamente candidatos y gobiernos; sólo una economía pujante y en crecimiento podrá dar a la mayoría de los mexicanos la cosa simple y fundamental que buscan y por la cual emigran por millones de sus pueblos a las ciudades y de su país al norte: un empleo con qué ganarse la vida, una oportunidad de mejora para él y su familia. Conviene subrayarlo: la masa salarial como parte del producto interno bruto no sólo no ha crecido, sino que ha descendido en los últimos treinta años: en 1980 se encontraba en treinta y nueve por ciento; hoy se ubica en treinta por ciento, sin duda en parte debido a la informalización del empleo, pero también al magro crecimiento formal.

Productividad, inversión y ahorro son las palancas de la creación de riqueza. Pero hay poco dinero de inversión en el mundo y no se concentra en México. México debe abrir sus negocios monopólicos y oligopólicos a la inversión de dentro y sobre todo de fuera de su territorio. Nada de esto es posible si el país no se va convenciendo de cuál es su lugar en el mundo, para que estos cambios y otros se anclen en el orden internacional, y obtengan a la vez apoyo internacional. México no podrá arraigar sus reformas adentro y recibir apoyo de afuera, mientras no resuelva de qué afuera se trata.

IV. Nuestro lugar en el mundo

IV. Nuestro lugar en el mundo

¿América Latina o América del Norte?

Las últimas décadas muestran que sin el exterior —mercados, inversiones, turistas, remesas, tecnología— no crecemos ni podemos remontar nuestras crisis. Piénsese en el rescate de 1995 o en los 77 mil millones de dólares —30 mil millones de la Reserva Federal, 47 mil millones del Fondo Monetario Internacional— que la comunidad internacional colocó a nuestro alcance en el 2009. No podemos crecer sólo gracias al exterior, pero tampoco es posible crecer sin una inserción cabal en el mundo. Esto implica escoger "nuestro exterior" y tomar las decisiones conducentes.

En el mundo globalizado de hoy, sólo dos países grandes tienen en teoría el privilegio de seleccionar más o menos voluntariamente la región a la que desean pertenecer. Esos países son México y Turquía, ambos bisagras geográficas y culturales entre dos mundos. Turquía es una nación de más de 80 millones de habitantes, miembro de la Organización del Tratado del Atlántico Norte (OTAN) y de la Organización para la Cooperación y el Desarrollo Económico (OCDE), con una población de mayoría aplastante musulmana, un ingreso per cápita un poco menor que el de México y un índice de desarrollo humano muy inferior. El secularismo militar de Atatürk en los años veinte mitigó el peso del islam, particularmente en la vida pública, pero Turquía sigue siendo un país geográficamente asiático, religiosamente islámico, con un partido de gobierno islamista, aunque moderado. Pero entre ser asiático, islámico y replegado sobre sí mismo, y ser europeo, secular, democrático y globalizado, eligió lo segundo.

México jugó ya una opción semejante. Tuvo desde finales de los años ochenta del siglo pasado un gobierno audaz e ilustrado pero autoritario, que sin mayor consulta ni debate le impuso a una sociedad de matriz nacionalista y antiestadounidense una integración comercial profunda con América del Norte, a través del Tratado de Libre Comercio (TLCAN). Ni la sociedad ni sus élites terminaron de convencerse de la medida ni de sus consecuencias. Quince años después el dilema se plantea de nuevo, como si asistiéramos a una versión azteca del freudiano "retorno de lo reprimido". Es la hora de elegir de nuevo: hacia América del Norte o hacia América Latina. La sociedad mexicana y sus élites no saben lo que quieren. Por ello parece indispensable iniciar un debate sobre lo que podríamos resumir bajo la odiosa pero útil formulación del código postal. A cuál queremos pertenecer: al universo de Zelaya y su sombrero, de Chávez y su boina, de Raúl y su senectud, de Brasil que no nos quiere en el vecindario, o al de América del Norte.

En realidad, no hay mucho margen para decidir. México tiene su corazón en América Latina, pero tiene su cartera, su cabeza y la undécima parte de su población en América del Norte. La afinidad latinoamericana es del corazón, de la cultura y del idioma, no de los intereses económicos ni de la densidad humana de la relación. El destino de México se ha jugado desde el siglo XIX y se juega hoy más que nunca en América del Norte. De allí la necesidad no sólo de una agenda de política exterior sino de una decisión estratégica de pertenencia a esa región, desprovista del doble discurso de siempre o del engaño. Se trata de una definición nacional, necesariamente conciente y transparente. La relación con Estados Unidos es un asunto de política interna mexicana, como la relación con México es cada vez más un asunto interno, electoral incluso, para Estados Unidos.

La agenda debe volver sobre la reforma migratoria integral. Pero no puede agotarse ahí. Debe incluir al menos dos elementos más que entrañan un elevado costo político en México. El primero es un planteamiento ambicioso y visionario: construir una unión económica de América del Norte. El segundo es más delicado. ¿Queremos ayuda de fondo para la guerra contra el narco, o nos contentamos con los mínimos de la Iniciativa Mérida, que evitan compromisos y requisitos incómodos? No tiene sentido declararle la guerra al narco si no se cuenta con el ejército, la policía y el servicio de inteligencia necesarios. La única manera de poseerlos es con ayuda externa. En nuestro caso, sólo puede venir de Estados Unidos.

Podemos escoger: buscar un trato especial, siempre decepcionante, pero mejor al que le destinan a otros (ser recibido primero, ser primer destino de viaje, contar con apoyo económico, figurar en la agenda) y aceptar con resignación o entusiasmo nuestra pertenencia a América del Norte; o definir nuestra ubicación en el mundo por nuestros lazos culturales de la región menos relevante para Washington, a saber América Latina, y por la "Doctrina Gloria Estefan" de las relaciones internacionales: hablamos un mismo idioma. Es una u otra.

La realidad marca el paso y muestra el rumbo en todos los órdenes. Desde 1895, Estados Unidos ha sido el primer socio comercial de México, desplazando a Francia y a Inglaterra. Durante la Primera Guerra Mundial, el comercio exterior de México se concentró en su totalidad con Estados Unidos. Se estabiliza luego en alrededor de setenta por ciento después de la Segunda Guerra hasta finales de los años ochenta, cuando se incorporan a las estadísticas las maquiladoras, que elevan el porcentaje a casi noventa por ciento. El Tratado de Libre Comercio consolida esa cifra: un siglo entero de concentración extraordinaria del comercio exterior con un solo país. Esa evolución externa se complementó con una transformación interna: a partir de los años ochenta, el comercio internacional de México pasa de representar de doce a setenta por ciento del producto interno bruto en 2009.

Algo semejante sucede con la inversión extranjera y el turismo. Ya en 1910, más de sesenta y cinco por ciento de la inversión extranjera en México era de origen estadounidense. Hoy la inversión extranjera en México representa un porcentaje del PIB superior al que imperaba en años anteriores. Pasó de menos de 1.5 por ciento del producto interno bruto en los años sesenta y setenta del siglo

XX, a casi tres por ciento a finales del mismo, para disminuir ligeramente en el lustro recién transcurrido. Desde el año 2000, la concentración con Estados Unidos es superior a 70 por ciento: un siglo de concentración, estabilidad y crecimiento.

De igual manera, el turismo es uno de los sectores de mayor porvenir, mayor competitividad y mayor empleo para México. Es la primera industria que da trabajo en país, con casi dos millones y medio de empleos directos e indirectos. Noventa por ciento del turismo que llega a México proviene de Estados Unidos. Y crece un tipo de turismo permanente que viene también del norte. Los *baby boomers* estadounidenses y canadienses empiezan a cumplir sesenta y cinco años, y a jubilarse en condiciones inéditas: de buena salud, con pensiones y ahorros elevados, con una mirada abierta al mundo y muchos años de vida activa por delante. Ya no les atraen Florida o Arizona tanto como a sus predecesores. Prefieren vivir seis meses al año en México: en el norte de Sonora, en San Miguel Allende, en Yucatán o en las costas de Oaxaca. Un millón de estadounidenses pasan por lo menos la mitad del año en México. La tendencia podría duplicarse en los próximos años, reforzando los vínculos mexicanos con el norte, no con el sur. Así, no sólo las principales relaciones económicas internacionales del país se han concentrado de modo abrumador con Estados Unidos, desde hace más de un siglo, sino que la trascendencia de esas relaciones en la actividad económica también han aumentado de manera sobresaliente.

La variable fundamental, sin embargo, por la cual la política hacia América del Norte es parte de la política interna, no de la internacional de México, es la variable demográfica, la densidad humana de la integración. En 1920, 3.4 por ciento de la población nacida en territorio mexicano vivía fuera del país, fundamentalmente en Estados Unidos. En 1930, la cifra alcanzó un pico histórico de 3.8 por ciento. En 1940, bajó a 1.9 por ciento; en 1950 a 1.7 por ciento y en 1960, en vísperas del cierre del Acuerdo Bracero, cayó hasta 1.6 por ciento, el punto más bajo del siglo XX. Pero en 1980 la tendencia se duplicó, llegando a 3.2 por ciento, en 1990 se disparó hasta 5.3 por ciento, en el año 2000 rebasó nueve por ciento, y hoy supera once por ciento del total de la población: entre once y doce millones de ciudadanos mexicanos que habitan fuera de su país.

En 1996, el presidente norteamericano Bill Clinton reforzó la vigilancia fronteriza y rompió lo que los expertos llamaban la "circularidad" de la migración mexicana hacia Estados Unidos. La gente iba y venía regularmente, a la pizca del tomate, de la fresa, del durazno. Migraba de cultivo en cultivo, de región en región, temporada tras temporada. La construcción de barreras en la frontera dificultó el cruce y los migrantes dejaron de circular. Aumentó dramáticamente el número de mexicanos instalados en Estados Unidos y se produjo un crecimiento espectacular de las remesas, la segunda fuente de ingresos en divisas del país (25 mil millones de dólares).

De modo que México tiene con Estados Unidos noventa por ciento de su comercio internacional, noventa de su turismo, setenta por ciento de la inversión extranjera, un millón de norteamericanos residentes en México y doce millones de mexicanos trabajando en Estados Unidos. Dos de cada cuatro mexicanos poseen parientes en Estados Unidos, tres de cada diez dicen que se irían a vivir y trabajar allá si pudieran. Y sin embargo ni la clase política ni los medios ni la clase empresarial ni las organizaciones sociales o no gubernamentales pueden plantearse con claridad las ventajas, la necesidad incluso, de una integración ordenada con América del Norte.

Más allá del libre comercio

La integración crece en los hechos pero permanece negada en los sentimientos, en los valores, en el discurso público tanto como en el público de los estadios de futbol que durante los juegos de México y Estados Unidos, lo mismo si son en Monterrey que en Houston o New Jersey, da rienda suelta a las expresiones del más arcaico y primitivo nacionalismo antigringo de otras épocas. Abundan las encuestas que muestran que el Tratado de Libre

Comercio goza de un alto nivel de aprobación en México, pero también que la mayoría de los mexicanos considera que le ha traído muchos más beneficios a Estados Unidos que a México: esto es una sombra del viejo victimismo, porque la realidad es exactamente la inversa. México ha sido el más beneficiado con la vigencia del tratado, aunque sin duda menos de lo que se esperaba.

El gobierno mexicano abrazó el TLCAN, pero no explicó a la sociedad sus implicaciones para la posición de México en el mundo y para las tradiciones nacionales. Tampoco obtuvo la anuencia colectiva para ello a través de un referéndum, como el que determinó la permanencia de España en la OTAN, primer paso estratégico en el camino de Madrid a la Comunidad Europea. El Tratado de Libre Comercio ató la economía y el futuro del país con América del Norte, pero la sociedad siguió viviendo en el mundo mítico anterior, el mundo del desarrollo estabilizador de los años 1940-1970, del modelo de la industrialización vía la sustitución de importaciones, de México como parte del Tercer Mundo (a pesar de que gracias al TLCAN, el país ingresó a la OCDE, el único país de América Latina hasta la fecha en hacerlo), del México baluarte de los principios de no intervención y auto-determinación de los pueblos, el México de la simulación y la retórica.

La agenda estadounidense con México es conocida. La seguridad y el narcotráfico constituyen hoy el primer tema; la migración, el segundo; la revisión (o no) del TLCAN, el tercero; el estado de la economía mexicana, el cuarto. En el horizonte se dibuja un quinto: el obstáculo monopólico al crecimiento mexicano como tema bilateral. Los empresarios estadounidense quieren entrar a los buenos negocios mexicanos. Estos asuntos han dominado la agenda desde la presidencia de Carlos Salinas en 1988 hasta la de Felipe Calderón en 2006. Durante el mandato del primero (1988-1994), el Tratado de Libre Comercio fue lo esencial; durante el de Ernesto Zedillo (1994-2000), la economía y el narco fueron preeminentes; con Vicente Fox (2000-2006) fueron la migración y la seguridad; con Calderón todos ocupan un lugar central para Washington.

Lo que ha quedado menos claro es la naturaleza de la agenda mexicana con Estados Unidos. México se encuentra sin brújula a propósito de su lugar en el mundo. Los énfasis de cada sexenio en esta materia han generado una inmensa confusión. Repetir la consigna "más México en el mundo y más mundo en México" no es una respuesta; es una muletilla. Urge una definición nacional al respecto. Estados Unidos nos brinda un trato distinto al que les extiende a las "hermanas repúblicas" latinoamericanas porque somos distintos; lo somos porque estamos al lado de Estados Unidos. Desgracia o privilegio: cada quien puede opinar. Curiosamente, nuestro único verdadero atractivo para América Latina estriba en nuestra "relación especial" con Estados Unidos: un término arrebatado a los ingleses, rechazado por internacionalistas mexicanos en el pasado, pero validado justamente por los propios latinoamericanos, que nos reprochan nuestra relación… especial con Estados Unidos.

Es la hora de reconocer las tendencias históricas y dar un paso ambicioso más allá, hacia la construcción de una unión económica de América del Norte, que incluya lo que excluyó el Tratado de Libre Comercio: migración, energía, infraestructura, instituciones supranacionales, fondos de cohesión social, convergencia económica —y en el lejano horizonte la moneda única— y el tema obligado de estos años: la seguridad regional. Ha llegado el momento de buscar convergencias con Estados Unidos y Canadá en asuntos multilaterales como los derechos humanos y la democracia, el cambio climático, las crisis latinoamericanas y mundiales. Es hora de tirar las máscaras, armonizar nuestras políticas antinarco hacia la despenalización y, simultáneamente, hacia una cooperación ambiciosa en el combate contra las drogas y en el blindaje de nuestras fronteras contra el crimen, la ilegalidad, el tráfico humano y los riesgos globales del terrorismo. La sola propuesta de un mercado común norteamericano, hecha formalmente por México, bastaría para desatar una dinámica política de extraordinaria resonancia en nuestro hemisferio.

V. Proteger a la sociedad

La equidad y la fiscalidad

La evidencia mundial demuestra que la creación de riqueza tiende a concentrarse. La distribución de la riqueza, que sólo han creado en abundancia las economías de mercado, requiere estados fuertes, bien financiados, capaces de políticas públicas correctoras de la desigualdad inherente a la creación de valor. No basta crecer y crear riqueza; hay que distribuirla, acompañar la economía de mercado fuerte, abierta y competitiva esbozada arriba, con un estado fuerte, solvente y eficaz en su redistribución de las rentas, capaz de paliar desigualdades, garantizar cohesión social, universalidad de derechos y calidades básicas en los bienes públicos, particularmente la educación, la salud y la protección social de los ciudadanos.

No hay equidad social en las sociedades capitalistas desarrolladas que no pase por un estado fiscalmente fuerte, el cual puede tomar hasta cuarenta por ciento de la riqueza producida por su economía, como sucede en los países de Europa Occidental, los más equitativos del orbe, gracias a sus estados fiscalmente fuertes y democráticamente controlados.

La debilidad fiscal del estado mexicano, que recoge apenas doce por ciento de la riqueza (sin contar el petróleo) es la contraparte puntual de la desigualdad crónica del país. Durante demasiadas décadas, desde que la abundancia petrolera se volvió parte central de las finanzas públicas de México, el petróleo ha resuelto por la puerta trasera la debilidad fiscal del estado mexicano, disculpándolo con ello de su tarea fiscal y lisiando el desarrollo de la empresa petrolera, con el secuestro de sus utilidades. Entre treinta y cuarenta por ciento del presupuesto ha sido solventado así; 480 mil millones de dólares de renta petrolera, según un reciente cálculo, se han licuado en sucesivos rescates presupuestales por este procedimiento.

Pero la fiesta petrolera mexicana se acerca aceleradamente a su fin y con él aparece la asignatura pospuesta por cuatro décadas: cómo financiar a un Estado con responsabilidades constitucionales y burocráticas del tamaño de las mexicanas, incluyendo ochenta y cinco por ciento de la salud y de la educación del país, titular único y concesionador a la vez gracioso y mezquino del subsuelo, las telecomunicaciones y la obra pública, la explotación de los bosques, las aguas, las costas y las riberas. La renta petrolera ha permitido a los sucesivos gobiernos del PRI y del PAN (y del PRD en el Distrito Federal, desde 1997) no hacerse cargo de los impuestos. Le ha evitado esa responsabilidad a una parte de la población, la que no paga impuestos o goza de regímenes especiales, castigando de más a la población que cumple con sus cargas impositivas porque no tiene influencia para ser parte de las exenciones o porque no tiene recursos para eludir su pago. Tenemos entonces a la vez un régimen fiscal opresivo con los que pagan y cómplice con los que no pagan porque aprovechan sus rendijas legales o porque pertenecen a la economía informal, por definición fuera del alcance del fisco.

Las recurrentes crisis económicas de 1976, 1982, 1987, 1994-95 y 2008-2009 han colocado en la economía informal a sesenta por ciento de la población económicamente activa, manteniendo así una deformidad sustantiva en la vida pública y en la relación de los gobernantes con los gobernados. Si a eso agregamos que prácticamente la única entidad gubernamental que cobra impuestos en México es el gobierno federal, la deformidad de la hacienda mexicana adquiere sus verdaderas dimensiones de casa vieja, a la vez insuficiente, abusiva y atrabiliaria.

Hay que regresar a lo básico, al pacto fundamental de ciudadanía, de responsabilidad compartida y derechos comunes que suponen los impuestos. Todos los gobiernos —el municipal, el estatal y el federal— deben cobrar impuestos y rendir cuentas de su empleo; todos los ciudadanos deben pagar impuestos, imponer a la autoridad criterios sobre cómo gastarlos y exigir cuentas sobre cómo los gastó.

Los estados no cobran impuestos; reciben en promedio ochenta y cinco por ciento de sus ingresos de la federación. Los gobernadores, por tanto, no tienen con sus gobernados la relación constitutiva de ciudadanía que consiste en pagar impuestos y tener derecho por ello a exigir rendición de cuentas. Esto es aún más cierto a escala municipal: el impuesto predial que se cobra en México en su conjunto es ínfimo comparado con el porcentaje del producto interno bruto que alcanza en países semejantes. Tal vez haya que federalizarlo, ya que las autoridades municipales son incapaces de cobrarlo, y su gasto no está claramente destinado a un propósito específico (como en Estados Unidos, donde el predial se dedica a la educación primaria y secundaria del municipio donde se recauda).

Sobre todo: hay que poner fin a la fantasía de que en una sociedad con sesenta por ciento de la economía en la informalidad puede haber un régimen fiscal efectivo sin un gravamen universal al consumo. Para construir la fortaleza económica del Estado, que a su vez pueda redistribuir las rentas y construir una sociedad más equitativa, es precisa una reforma fiscal que suspenda los regímenes especiales y tome por los cuernos el tabú del impuesto al consumo, conocido en México como Impuesto al Valor Agregado (IVA). No hay reforma fiscal seria que no incluya un IVA elevado y generalizado, como en Chile, Colombia, Uruguay o la Unión Europea. La discusión no debe ser si el impuesto es deseable o necesario, sino en cómo convencer a la sociedad de su imperativo, y convencer a la sociedad de que los recursos tendrán un buen uso.

Éste es un tema clave, en la medida en que diversos grupos se han apropiado del presupuesto federal (otro precio de la transición democrática): los agricultores más ricos son los que se llevan la mayor parte de los subsidios al campo; los recursos de programas sociales se usan para fomentar la informalidad; los recursos de la educación son casi todos para la nomina de maestros. La debilidad del gobierno se refleja también en la imposibilidad creciente de utilizar el presupuesto federal como instrumento clave del desarrollo nacional.

Bienestar

Un impuesto general al consumo no será vendible políticamente si no queda sujeto a un compromiso poderoso del Estado, que compense sus efectos regresivos y otorgue a cambio un bien ostensiblemente superior al mal que causa. No conocemos una propuesta mejor en ese sentido que la de Santiago Levy, subdirector del Banco Interamericano de Desarrollo (BID) y ex director del Seguro Social, en su libro sobre política social, informalidad y productividad: *Buenas intenciones, malos resultados* (Brookings Institution Press, 2008).

Levy propone extender a todos los mexicanos, por el hecho de serlo, los beneficios de una seguridad social universal: seguro médico, seguro contra accidentes de trabajo, seguro de desempleo, seguro de vida y seguro de pensiones. El costo neto de la propuesta sería de entre dos y tres puntos del producto interno bruto, es decir entre 20 y 30 mil millones de dólares anuales. Cálculos críticos de la propuesta le asignan un valor superior. Cualquiera que sea su monto, no podría venir sino del establecimiento de una tasa alta del IVA —al menos de quince por ciento, si no de dieciocho por ciento, como en Chile, en Uruguay o en la Unipon Europea— sobre todos los bienes y servicios. Pero con una diferencia fundamental respecto de todas las propuestas anteriores de aumento al IVA que se hayan hecho en México: los ingresos así obtenidos quedarían etiquetados *para su gasto exclusivo e inmediato en la extensión de la protección social a todos los mexicanos.*

Adicionalmente, el efecto regresivo del IVA universal sería compensado con la devolución, a todos los contribuyentes, de una misma cantidad en efectivo cuyo efecto final, en palabras de Levy, sería que "a los ricos, que consumen más, les quitamos diez pesos y les devolvemos cincuenta centavos. A los pobres que consumen menos, les quitamos veinticinco centavos y les devolvemos cincuenta". El vuelco recaudatorio y de protección social así obtenido permitiría reducir los impuestos indirectos a las empresas y a los trabajadores, dejando a ambos mayores ganancias y creando incentivos para la inversión en las empresas y para que los trabajadores salgan de la informalidad —aspecto fundamental de la salud económica futura—, pues dejarían de pagar tan caramente los servicios de seguridad social que no valoran o que no les interesa obtener, entre otras cosas porque los reciben hoy de distintos programas sociales sin necesidad de contratarse formalmente en una empresa.

México tiene un dilema: la arquitectura actual de política social excluye de los derechos sociales a los trabajadores no asalariados; pero el gobierno (del PRI o del PAN) no puede dejar a esos trabajadores sin beneficios sociales, por lo que construye un sistema paralelo de programas que fomentan la informalidad, la baja productividad y la evasión fiscal. Ésta es otra de las razones por las que crecemos lentamente. La lucha electoral hace que todos los partidos políticos compitan a ver quién ofrece más beneficios a los trabajadores informales, que cada vez son más, porque cada vez se subsidia más el trabajo informal. "Un futuro para México" requiere tomar al toro por los cuernos y modificar esa arquitectura. Extender derechos sociales a todos los trabajadores no es un desiderátum social solamente; es una necesidad de productividad y de crecimiento. Necesitamos más equidad para poder crecer.

He aquí uno de los beneficios más importantes de un proyecto como éste: reducir dramáticamente el precio de crear un empleo formal nuevo en pequeñas y medianas empresas, las cuales ya no asumirán el costo de las prestaciones sociales, no por su inexistencia o supresión, sino porque dicho costo sería asumido por la sociedad en su conjunto, a través del fondo fiscal central financiado con el IVA. Al reducir la informalidad, es factible que crezca la recaudación vía el Impuesto Sobre la Renta (ISR) o el Impuesto Empresarial Tasa Única (IETU), ya que muchas pequeñas y medianas empresas preferirían formalizarse y pagar impuestos menores, liberadas como quedarían de las cargas fiscales por seguridad social, cargas de casi treinta por ciento comparables a las europeas en su costo, pero ni remotamente en sus beneficios.

Hablamos del piso fundador de un Estado de bienestar moderno, a imagen y semejanza de las socialdemocracias europeas, objeto de mucha demagogia en el pasado pero que nunca ha existido en México. Será imposible construir un mercado de trabajo moderno —esencial para el crecimiento y la productividad— sin un Estado de bienestar moderno. Nadie va a poder reformar la Ley Federal del Trabajo sin ofrecerle a los trabajadores algo mejor. La llamada "reforma laboral" no será tal, a menos que sea también una reforma social que permita proteger a los trabajadores con instrumentos más amplios, eficaces y modernos y sustituya con eso las regulaciones actualmente contenidas en la Ley Federal del Trabajo.

VI. Educación

La expansión de la escolaridad mexicana ha sido una hazaña cuantitativa, pero una "catástrofe silenciosa" en el aspecto cualitativo (Gilberto Guevara Niebla, 1992). La pregunta mayor de la educación sigue vigente: ¿educar, para qué? ¿Qué y cómo debe aprender la gente? La interrogante no ha sido respondida con claridad. La gente debe aprender en la escuela lo que necesita para resolver su vida. En el México joven y subcalificado de principios de siglo XXI esto significa, en primer término, aprender lo que necesita para obtener un empleo. Y aún mejor: para crearlo.

Esto implica conectar la educación a la vida práctica. La dinámica burocrática separó a las escuelas de las necesidades del país. Gobierno y magisterio pusieron la educación básica fuera de toda forma de auscultación pública o evaluación ciudadana. La educación superior padeció una separación semejante, mediante el mito de la autonomía de las universidades públicas, que las volvió tan celosas de la intromisión externa como poco flexibles a las demandas del mundo exterior. El resultado ha sido un sistema de educación pública por su mayor parte ajeno a las necesidades prácticas del educando y de la sociedad. Hay que devolver la educación a la sociedad, hacerla útil para ella y, por lo tanto, para el educando. La educación debe restablecer sus vínculos con la vida práctica, asumir su misión como instrumento de supervivencia y movilidad social.

Quizá la noción que debe regir nuestra educación en el futuro es lo que los pedagogos llaman pertinencia: aquello cuyo aprendizaje es funcional para ayudar al educando no a acumular conocimientos sino a resolver su vida. Significa que los niños pasen más días al mes, y más horas al día en la escuela y sean equipados por la sociedad para aprender, dotándolos, en su casa y en la escuela, de los instrumentos indispensables: Hardware, Software, Brainware, conectividad e interacción entre ellos. La educación debe ser una cuidadosa incubadora de lo que el país y la sociedad necesitan, no de lo que los educadores y los burócratas saben enseñar. Los educadores deben reeducarse en las necesidades y los instrumentos del mundo que los rodea, para que sus alumnos puedan sacar de ellos la educación que necesitan. Maestros, antenas y computadoras para todas las escuelas y todos los niños, pero también escuelas, antenas y computadoras para todos los maestros, sin olvidar la *lingua franca* de la aldea global interactiva: el inglés.

La solución no vendrá, no podrá venir, sólo del Estado. Tendrá que salir también de la comunidad. Si los ciudadanos quieren mejores escuelas tendrán que pagar más impuestos. Si el gobierno quiere convencer a los ciudadanos de que paguen más impuestos para sus escuelas, tendrá que dejarlos entrar a ver cómo se gastan esos impuestos y a evaluar si las escuelas sirven o no. La ley federal de educación, vigente desde 1992, prevé la existencia de consejos de participación en la escuela pública. Pero en pocas escuelas funcionan. Hay que quitar los diques burocráticos para que esos consejos se vuelvan focos dinamizadores de la escuela y poner fin al monopolio de facto que autoridades y maestros ejercen sobre ese espacio del que los padres de familia fueron expulsados en los años treinta del siglo pasado por razones ideológicas: para evitar que a través de su catolicismo mayoritario pudiera filtrarse a la escuela la influencia de la iglesia. Hay que abrir también la posibilidad de que las comunidades financien directamente sus escuelas, cubran con sus propios recursos lo que los presupuestos públicos no alcanzan a cubrir.

El instrumento para todo esto ha de ser un sistema de evaluación con consecuencias, que premie, castigue y corrija. Esto supone tres cosas, hasta ahora inaceptables para el magisterio nacional y para las burocracias educativas. La primera, someterse a una evaluación pública en su desempeño, maestro por maestro, escuela por escuela. La segunda, sujetar el aumento en los ingresos de los maestros y de los presupuestos de las escuelas a los índices de mejora educativa. Tercero, dar a los padres la oportunidad de escoger la escuela donde quieren enviar a sus hijos según su rendimiento educativo. Nada de esto es posible hoy, ni siquiera puede plantearse. Por eso la educación mexicana empeora en lugar de mejorar: no hay costos inmediatos. No hay gritos ni mantas en el aula de clase.

VII. Democracia

VII. Democracia

El empate democrático

La democracia mexicana se parece más que nunca al diseño constitucional que la rige, pero es una democracia paralítica. No produce los bienes que se esperaban de ella. Gobierna pero no transforma al país. La constitución dice que el régimen político de México es el de una república representativa, democrática y federal. Más que nunca antes en nuestra historia tenemos un régimen político democrático y representativo, con división de poderes y altos rangos de autonomía de los gobiernos estatales. La paradoja consiste en que haber cerrado la brecha entre el régimen político real y el régimen político legal no ha redundado en un gobierno más eficaz, sino en un gobierno más competido, sujeto a más límites y controles, más ineficaz, impregnado de una ética pública de lo posible que se parece más a la resignación que al realismo.

Por un lado, se ha hecho presente el poder del Congreso. Desde 1997 nuestra democracia produce gobiernos divididos: el partido que gana la mayoría en las elecciones presidenciales carece de mayoría en el Congreso. Nuestro régimen democrático no otorga mandatos ni da poderes para cumplirlos a los gobiernos que elige. Es un régimen presidencial disminuido. Un congreso eterna y estructuralmente desprovisto de una mayoría del partido gobernante es el peor obstáculo que pueda encontrar un régimen presidencial. El poder legislativo se vuelve un poder adversario, capaz de bloquear al gobierno, pero no de conducirlo. Nuestra oposición —la que sea— bloquea más de lo que construye.

Por otro lado, se ha hecho presente el poder judicial. La debilidad mayor de nuestra democracia es que se asienta sobre un débil imperio de la ley. En cuanto los distintos poderes pueden competir libremente entre sí, emerge la Suprema Corte como un árbitro con poder no sólo en el ámbito de sus tareas constitucionales, sino en todos. El espacio de arbitraje de la Suprema Corte se multiplica. Vuelve a legislar sobre las muchas ambigüedades de la Constitución, y a resolver asuntos de leyes secundarias que la contradicen y le son remitidas para que las armonice. Por la Corte han pasado en los últimos tiempos más querellas de consecuencia política y visibilidad pública que en toda su historia, lo mismo si se trata de una controversia constitucional sobre el poder de veto del presidente al Congreso, que de peticiones de amparo fiscal, del ultraje a una periodista, de la negativa a un ciudadano que reclama sus derechos constitucionales a una candidatura independiente o de los presos de la masacre de Acteal de 1997.

La democracia ha hecho aparecer con fuerza extraordinaria a los poderes legislativo y judicial en el escenario de un poder ejecutivo disminuido. Se han hecho presentes también los poderes del pacto federal previstos en las leyes. Nunca ha sido tan grande la autonomía de los gobiernos estatales. Un gobernador hábil tiene hoy más poder sobre su estado que el que tiene el presidente sobre el país. Esta autonomía, sin embargo, no añade fortalezas al Estado democrático. Los gobiernos locales son eslabones débiles de la organización política nacional porque no cumplen con las tareas esenciales del Estado democrático: primero, no cobran impuestos ni rinden cuentas; segundo, no aplican la ley ni garantizan la seguridad de sus ciudadanos.

He aquí un régimen político incuestionablemente democrático y representativo, con una efectiva división de poderes y un pacto federal de altas autonomías locales. He aquí a la vez un estado débil, que no aplica la ley, cuya división de poderes se acerca al divisionismo, y cuyo federalismo tiene algo de feuderalismo. Todo ello en el marco de un régimen político que no produce mayorías claras y vive inmerso en un empate perpetuo, que sin embargo no produce ingobernabilidad.

México no padece crisis constitucionales o fracturas del régimen político, no está en riesgos de rebeliones o golpes de Estado. Goza de una clara estabilidad política aún en medio de los picos de violencia que lo sacuden. No sufrimos de una crisis de gobernabilidad política, sino de gobernabilidad transformadora. Nos faltan gobiernos capaces de dar pasos claros en la construcción del país democrático, próspero y equitativo que buscamos; de terminar de construir la sociedad de clase media inacabada que somos.

Seguridad

Que la inseguridad pública no ponga en riesgo la estabilidad política fundamental del estado, no quiere decir que no represente su problema número uno. Se confunden en este ámbito dos órdenes distintos del problema de seguridad que aqueja a la república: el orden de la seguridad ciudadana y el orden del combate al narcotráfico. Obviamente se encuentran vinculados, pero no se sobreponen, ni son asimilables uno al otro.

La seguridad ciudadana de todos los días, la seguridad fundamental que debe proveer un Estado, presenta fragilidades estructurales.

Unas vienen de años atrás, como el anquilosamiento de las instancias de procuración y administración de justicia. Pero el tema de las policías y de la seguridad pública local domina el paisaje. Es la inseguridad que altera la vida cotidiana de la sociedad, la inseguridad de los delitos del fuero común: el homicidio, el robo, el secuestro, la violencia familiar y social.

Son todos responsabilidad de los gobiernos locales, los eslabones débiles de la seguridad pública de México, los responsables de que en México sólo se castiguen en promedio cinco de cada cien homicidios dolosos, pues la persecución de los homicidios no es una facultad federal sino local. Son los responsables también de la penetración del crimen organizado en sus policías e instituciones de seguridad. Los han dejado entrar. De ahí la cantidad de policías locales intervenidas por la federación por su complicidad con el narcotráfico. De ahí también la ocupación silenciosa de ciudades fundamentales del país por los barones del crimen organizado. Es urgente un nuevo reparto de responsabilidades entre los estados y el Estado a propósito de la seguridad, enfrentando sobre todo la impunidad en los delitos hoy ubicados en el fuero común, los que más afectan al ciudadano en su vida diaria.

Se puede dar un nuevo giro a la política de seguridad interna del país, impulsando la creación de una policía nacional única, sustituta de las policías estatales y municipales, unificando los códigos penales de los estados, federalizando buena parte de los delitos hoy subsumidos bajo el fuero común. Abundan los ejemplos internacionales, unos más pertinentes que otros: Chile, Colombia, Canadá (salvo Ontario y Quebec). Ya se ha avanzado en ese camino: desde 1998 existe una policía federal en México; desde 2007 una academia policiaca federal; hace poco el gobierno propuso formalmente sustituir a las policías municipales con policías estatales.

Cada día son más los gobernadores que en privado confiesan su preferencia por entregarle la seguridad a la federación, a sabiendas de que implicaría quedarse sin policías. Y cada día son más los militares que reconocen, también en privado, que las policías locales no les provocan ninguna confianza. En los estados de capital dominante, como Yucatán, Nuevo León, Tlaxcala, Aguascalientes, Zacatecas, por sólo mencionar a algunos, "estadualizar" a las policías municipales es sencillo, sino es que ya se ha hecho; el siguiente paso, en esos mismos estados, consiste en federalizar a los policías ministeriales, mediante un mecanismo de entrada voluntaria: los gobernadores que así lo deseen, adelante; los que no, no. Algunos preferirán mantener la estructura actual, pero coordinarla bien, depurarla, y equilibrarla; otros, no. Lo que parece imposible es limpiar las centenas de cuerpos policíacos estatales y municipales corruptos, más de 300 mil efectivos, con menos de 20 mil policías federales operacionales honestos, suponiendo que lo sean.

Ante la preocupación de que una policía nacional única se torne un monstruo represor descontrolado y autoritario, existe un antídoto, deseable y necesario en sí mismo, pero justificado además por la necesidad de despolitizar las tareas de seguridad, hasta donde es posible hacerlo. Convendría transformar a la Secretaría de Gobernación en un Ministerio del Interior que tutele a la Policía Nacional, tanto preventiva como investigativa, y al Centro de Investigación y Seguridad Nacional (Cisen), pero sin tareas políticas. No se puede pedir un nombramiento por completo apolítico, pero puede dársele en la práctica un carácter esencialmente de seguridad, como sucede en muchos países de América Latina y de Europa. De esta manera, tanto la Policía Nacional como el Ministerio del Interior quedarían sujetos a la rendición de cuentas con el Congreso, pero a la vez despojados de funciones políticas. Las funciones políticas de la actual Secretaría de Gobernación serían trasladadas, como ya se intentó, a la oficina de la presidencia o a una Jefatura de la Casa Civil, como le llaman los brasileños, un *chief of staff* según los estadounidenses.

Cuando de manera gradual se avance en la construcción de este andamiaje institucional, podría también rediseñarse la estrategia de combate al narcotráfico, emprendiendo un debate nacional serio sobre las diversas opciones, desde la tregua tácita hasta la guerra frontal con una cooperación estadounidense cuantitativa y cualitativamente mayor, dentro de un esquema amplio de seguridad regional de América de Norte, con tres facetas: primero, atacar no las causas —el tráfico en sí mismo— sino los daños colaterales del narcotráfico, a saber, la violencia entre narcos, los secuestros, el derecho de piso, la penetración de las estructuras políticas, la venta de estupefacientes a niños, el daño a la salud de los adictos. Se trata de un enfoque de reducción del daño, tanto en lo individual como en lo nacional. Segundo, despenalizar en México, de manera acompasada con Estados Unidos, gradual y por segmentos, el consumo de drogas. Tercero: concentrar los esfuerzos militares y policiacos en el sellamiento del sur del país, como se viene proponiendo desde 1998, y especialmente en el Istmo de Tehuantepec, como se viene discutiendo desde 2004, y como en principio ya lo resolvió el actual gobierno, sin anunciarlo todavía.

Gobernabilidad

¿Cómo producir mayorías, inyectarle competencia y abrir el régimen de partidos, darle más poder a los votantes, fortalecer al estado para que no sólo administre sino también gobierne, y no sólo gobierne, sino también transforme?

Se trata de dotar al país de un Estado que modernice y decida, que permita la eclosión de mayorías, que no dependa del consenso, que sirva para dirimir desacuerdos, no para desvanecerlos. Sin un conjunto mínimo de reformas institucionales, las demás son imposibles. No hay verdades absolutas, soluciones milagrosas, ni recetas perfectas en materia institucional o electoral. Todo es experimentación, imperfecciones, ajustes constantes, rectificaciones y volver a empezar. Sin embargo, entre quienes desean cambiar las cosas ha comenzado a surgir un acuerdo tácito, en ocasiones explícito, de lo que es preciso hacer. Creemos que son necesarias tres reformas fundamentales:

1. Para producir mayorías claras: la segunda vuelta presidencial y la supresión

de la cláusula de sobrerepresentación en elecciones legislativas.
2. Para darle poder a los votantes y abrir el régimen de partidos: reelección consecutiva y candidaturas independientes
3. Para un poder ejecutivo con iniciativa, la figura del referéndum, poderes de veto, de decreto y establecimiento de "leyes guillotina" de obligatoria resolución por el Congreso.

Esta lista no es exhaustiva, pero aspirar a un esquema completo equivale a vivir sin ninguno; aquí sí, la totalidad deseable es el enemigo mortal de las partes suficientes, por ahora.

Construir mayorías

Es imprescindible diseñar un sistema que promueva, aunque no imponga, la conformación de mayorías unipartidistas o de coalición previa en el Congreso. En un sistema de tres partidos, como es el nuestro hoy, y como amenaza con permanecer durante años, no es una tarea sencilla. Algunos analistas con experiencia real de gobierno y conocedores de las mejores prácticas en otros países han sugerido la eliminación de la llamada cláusula de sobrerepresentación (fijada hoy en ocho por ciento) como solución. Es una buena idea. Suprimirla permitiría —aunque no lo aseguraría— que un partido que obtuviera cuarenta y uno por ciento del voto en elecciones legislativas, por ejemplo, alcanzara una mayoría absoluta de diputaciones.

Otra alternativa es la segunda vuelta legislativa: encierra un enorme efecto amplificador de mayorías relativas, pero tiende a borrar del mapa legislativo al tercer partido en liza, casi siempre el PRD, desde 1991. Se puede instaurar o no en función de cómo se quiera generar mayorías legislativas. También se pueden hacer concurrentes o ligeramente escalonadas las elecciones legislativas y la segunda vuelta presidencial, de modo que la polarización de ésta arrastre a las legislativas hacia la formación de mayorías en el Congreso.

La segunda vuelta en la elección presidencial parece imprescindible, como lo ha admitido el secretario de Gobernación. Los números son elocuentes: en 1994, Ernesto Zedillo obtuvo cincuenta por ciento del voto, Vicente Fox cuarenta y tres por ciento en el 2000 y Felipe Calderón, en el 2006, treinta y cinco por ciento. El próximo presidente debiera darse de santos si alcanza un treinta y dos por ciento en el 2012. México no puede ser gobernado por un presidente elegido por menos de una tercera parte del electorado. La segunda vuelta obliga a alianzas, pues sólo pasan los dos primeros contendientes, los demás negocian su apoyo programático, de personas y cargos, entre una y otra vuelta. Por eso, y para garantizar un amplio mandato, casi todos los países con régimen presidencial (en América Latina y Francia, por ejemplo) han establecido este mecanismo. La alianza forzada en segunda vuelta de rivales en la primera es común en todas las democracias; no es más ni menos artificial que otras alianzas, pero es más transparente. La ciudadanía desconfía de la capacidad de la clase política de construir alianzas. Por eso hay que inducirlas —o imponerlas— a través de mecanismos electorales.

Abrir el régimen de partidos

La segunda transformación institucional consiste en la reelección consecutiva de diputados y senadores, junto con la disminución del número de legisladores plurinominales, haciéndolas accesibles sólo para partidos que superen un umbral determinado de curules de mayoría y más de cuatro o cinco por ciento de los votos. Que no exista reelección consecutiva de diputados y senadores da poder a los partidos, no a los votantes. Quien ha ganado una elección de mayoría no puede volver a aspirar a ella al terminar su mandato; voltea hacia su padrino político o a la dirigencia de su partido, no hacia sus votantes, para conseguir su siguiente empleo.

Las debilidades de la reelección consecutiva son conocidas. Tiende a crear oligarquías de ganadores que se perpetúan en el puesto y a crear políticos pragmáticos que atienden a la voluntad o el capricho de sus electores más que a las necesidades estratégicas del país. Cada decisión importante en el Congreso se vuelve una negociación de interminables condicionamientos locales que los legisladores buscan lograr para conservar la adhesión de sus votantes. Pero las ventajas de la reelección son absolutas en cuanto a trasladar el poder sobre la decisión de quién gobierna a los votantes de carne y hueso, de cada ciudad y cada pueblo, con sus peculiares necesidades. La generación de oligarquías legislativas puede acotarse limitando el número de elecciones consecutivas a que es posible aspirar: la famosa limitación de mandatos. Y dichas oligarquías encierran una ventaja que nadie puede negar: acaban formando un contingente de congresistas de carrera que son un seguro antídoto contra la improvisación, la novatez y la simple ignorancia legislativa.

Hemos hablado antes de la conveniencia de las candidaturas independientes. Reiteramos aquí su pertinencia.

Fortalecer la presidencia

La tercera reforma consiste en fortalecer a la presidencia democrática, a diferencia del ejecutivo omnipotente pero autoritario de antaño y del presidente democrático pero débil de ahora. Su primer ingrediente estriba en el referéndum para modificar la Constitución, para tratados internacionales, o para leyes secundarias de trascendencia nacional, figura ya existente para la atracción por la Suprema Corte, por ejemplo. De nuevo, no es una panacea (no existen en la política), pero conforma la solución menos mala inventada por otros países para permitirle al presidente llevar los grandes asuntos nacionales directamente al país. Es un instrumento típico de todas las democracias (salvo Estados Unidos), más o menos maduras que la nuestra, con mayor o menor nivel educativo, y con el riesgo implícito de que un buen remedio sea también utilizado para fines perversos. Pero por algo será que todos los países recurren a ellos.

Cuatro cambios adicionales, claves aunque de un calado diferente, serían suficientes para devolver al ejecutivo algo del poder necesario para recobrar la iniciativa, en relación con el Congreso. El primero reside en concederle claros poderes de veto parcial o total sobre leyes venidas de la alianza mayoritaria del Congreso. El segundo consiste en otorgarle mayores poderes de decreto para situaciones de emergencia, desde una crisis inesperada de influenza hasta una contracción económica igualmente inesperada. La tercera implica brindarle al ejecutivo la facultad de enviar al Congreso un número mínimo (dos por ejemplo) de leyes al año, bajo el criterio de la llamada *afirmativa ficta* o leyes guillotina, según el cual dichas leyes deben ser revisadas a más tardar en dos periodos de sesiones de la legislatura, pasados los cuales entran en vigor. Por último, reviste particular importancia la redefinición constitucional de quién debe sustituir al presidente en caso de ausencia absoluta. El artículo constitucional que lo prevee actualmente es un galimatías indigno de ninguna constitución.

VIII. Hacia el 2012

Lo que aquí se propone no es un programa de gobierno. Es una agenda para ser discutida. No pretende ser aprobada en el corto plazo, pero sí servir como una referencia del debate nacional camino a las elecciones presidenciales de 2012. Es una provocación para inducir definiciones a uno y otro lado de la propuesta y establecer con claridad los términos de la disputa por el rumbo deseable de la nación. Creemos que puede resultar aceptable para la heterogénea clase media mexicana que define las elecciones y para ayudarla a salir de una vez por todas del rancio discurso nacionalista revolucionario al que todavía resulta sensible. Su fortaleza consiste acaso en que forma un todo ordenado, con ideas y secuencias engarzadas, con una lógica interna transparente, con suficientes ingredientes para ser ambiciosa y estratégica, pero no tantos como para volverse inviable.

Es lógico que las elecciones del 2012 dominen cada vez más la agenda y las voluntades de los actores políticos. En ese horizonte, proponemos abandonar el ámbito de la política de lo posible y convertir el 2012 en un referéndum sobre el futuro deseable, no sólo sobre quién debe ser presidente. Pasada la preocupación sobre la transparencia y la legalidad de las elecciones, llegamos en los dos últimos comicios presidenciales a una definición de preferencias sobre un partido o una persona. Triunfaron en ellos quienes lograron polarizar la votación en ese sentido: Vicente Fox en el 2000 para "sacar al PRI de los Pinos" y Felipe Calderón en 2006 para evitar el "peligro para México" de López Obrador. Creemos que esta táctica se ha agotado. México no puede seguir celebrando cada seis años virtuales plebiscitos sobre partidos y personas en elecciones desprovistas de carácter programático. Hay que transformar el 2012 en un referéndum sobre el programa, no sobre el copetón, el pelele o el heredero. Hay que responder hoy a la pregunta de mañana: ¿Cómo llegar al 2018 como una sociedad en crecimiento, de clase media, segura y ubicada en el mundo?

Hay quien piensa que en México las elecciones sólo se ganan sin agenda, que ponerla es peligroso. Es una versión actualizada del aforismo de Fidel Velázquez: al que se le muevan las ideas, no sale en la foto. Pero como lo muestran diversos análisis de los procesos electorales de 2000 y de 2006, incluso de 2009, los comicios tienden a ser definidos cada vez más por los votantes más modernos, más vinculados con los beneficios de la globalización. El voto duro aporta un piso, necesario pero insuficiente, para ganar una elección presidencial. Los votos claves vienen de sectores oscilantes. Esos sectores pertenecen a las nuevas clases medias surgidas en estos últimos años de crecimiento constante, aunque magro, en condiciones de estabilidad macroeconómica, que permitieron el acceso al crédito y a bienes y servicios a los cuales no se renuncia fácilmente: vivienda, autos, vacaciones, crédito en tiendas. Dichos sectores inclinaron la balanza a favor de Fox a partir de mayo de 2000 y en marzo de 2006 empezaron a dudar de López Obrador como mejor opción, retirándole al final su apoyo.

Existe hoy una oportunidad para al menos intentar que el país entre en una dinámica de propuestas que obliguen a todos a mostrar sus cartas y a hacer explícita a sus posturas.

Las debilidades de México están a la vista. Nunca hemos sido tan concientes de nuestros males y tan capaces de ventilarlos en público. Pero cada debilidad mexicana puede leerse desde el ángulo de alguna fortaleza. Las instituciones democráticas no alcanzan para pactar las transformaciones que el país requiere, pero lo representan y gobiernan en todos los niveles. No hay acuerdos fundamentales entre sus fuerzas políticas sobre qué rumbo tomar, y se estorban unas a otras, pero su desacuerdo no destruye ni socava el Estado, simplemente lo hace un instrumento más debatido y menos eficaz para el cambio.

Contra lo que sugieren todos los días los medios, el número promedio de homicidios en México no ha hecho sino descender desde los años noventa. Está en el orden de los once por cada cien mil habitantes, el doble que en Estados Unidos y el triple que en Suiza, pero la tercera parte que en Colombia, la cuarta parte que en Brasil, la quinta parte que en Guatemala. Los sistemas de justicia de los estados solo detienen al cinco por ciento de los homicidas, cuando son del fuero común. Con esos índices de impunidad, lo notable es que no haya más homicidios, pues no hay estímulo más efectivo al crecimiento de un crimen que su falta de castigo. La baja incidencia de homicidios en México en el contexto de tan visible impunidad habla de una población abrumadoramente no violenta. La violencia de los sicarios que atormenta nuestra imaginación y ensangrienta las primeras planas de los periódicos y algunas de nuestras ciudades, se da en el bastidor de un pueblo que no ama la violencia, ni cree encontrar en ella una solución a sus problemas.

La economía muestra grados inaceptables de concentración y privilegios que frenan el ritmo de su conversión en una moderna economía de mercado, condición indispensable para crecer. Pero esa misma economía acudió con eficacia a la puerta abierta por el tratado de Libre Comercio de Norteamérica y convirtió al país en un exportador impresionante, con una planta industrial moderna de clase mundial. Si se abren oportunidades equivalentes de inversión en el ámbito de la economía interna, la estructura productiva dará un salto al lugar que le falta colonizar: el gigantesco mercado potencial de consumidores de primera generación —la nueva clase media emergente— en el seno de la población mexicana. Esta última es desigual, resiente graves injusticias y marginaciones internas, pero en el fondo de la sociedad desposeída hay una épica del esfuerzo y del trabajo que no sabemos estimular en toda su pujanza a través de mejores instituciones de educación y salud, y mejores oportunidades de trabajo.

Se trata de la masa de millones de mexicanos que han migrado dentro de su país o hacia el norte en busca de empleo, dignidad, progreso para ellos y los suyos. Ésta es la epopeya silenciosa de México: la de los millones de mexicanos que van a buscar lo que necesitan donde hay, eso que hizo decir al economista John Kenneth Galbraith que en ninguna minoría de migrantes a los Estados Unidos había encontrado tanta disposición al trabajo y al esfuerzo como en los migrantes mexicanos.

Ese pueblo que quiere más, que busca su camino por sí mismo y está dispuesto hasta el estoicismo para encontrarlo es la fortaleza mayor de México, el verdadero fondo del paisaje sobre el que cruzan nuestros males y nuestro descontento, el pueblo que busca los bienes y el progreso que sólo el cambio profundo de nuestra economía y nuestra idea de futuro puede darle.

Un apunte final

Quien desee un futuro moderno para México, como lo quiere este ensayo, debe pensar sus propuestas de cambio en el horizonte de cuatro coordenadas.

No abundamos en ellas por suponerlas puntos de partida y de llegada. Estas coordenadas son: la vigencia del estado de derecho, la sustentabilidad del desarrollo, la generalización de los instrumentos de la sociedad del conocimiento y la transparencia de las cuentas públicas.

Ninguna propuesta moderna de cambio puede pensarse sobre supuestos de ilegalidad crónica, destrucción del medio ambiente, atraso tecnológico y corrupción consuetudinaria.

El reto último es cambiar de estadio civilizatorio: de las realidades de un país en desarrollo a las de uno desarrollado. Lo que planteamos son algunos de los caminos que pueden tomarse para lograrlo en el lapso de una generación.

Cambios traerán cambios. El estadio final buscado no es sólo que México llegue a ser un país próspero, equitativo y democrático, sino que lo sea en un entorno de legalidad, sustentabilidad, modernidad tecnológica y honestidad pública.

México ha dado pasos en ese camino, lentos e insuficientes, durante sus dos siglos de vida independiente. Nuestra convicción es que puede y debe andar en los siguientes veinte años más que en los doscientos anteriores.

El futuro empieza cada día. Será lo que sembremos o no sembremos hoy.

Siglas y acrónimos empleados

BID   Banco Interamericano de Desarrollo

Cofeco   Comisión Federal de Competencia

IVA   Impuesto al Valor Agregado

IETU   Impuesto Empresarial de Tasa Única

ISR   Impuesto Sobre la Renta

Infonavit   Instituto del Fondo de Vivienda para los Trabajadores

ISSSTE   Instituto de Seguridad y Servicios Sociales de los Trabajadores del Estado

IMSS   Instituto Mexicano del Seguro Social

WIMAX *Worldwide Intercoperability for Microwave Acces*   Intercoperabilidad Mundial para Acceso por Microonda

OTAN	Organización del Tratado del Atlántico Norte
OCDE	Organización para la Cooperación y el Desarrollo Económico
GAAP *Generally Accepted Accounting Principles*	Principios Contables Norteamericanos
PIB	Producto Interno Bruto
PGR	Procuraduría General de la República
ADR *American Depositary Receipts*	Recibo de Depósito Americano
SAT	Sistema de Administración Tributaria
TLCAN	Tratado de Libre Comercio de América del Norte

Este libro terminó de imprimir
en enero de 2010 en COMSUDEL S.A. de C.V.,
en Real Madrid # 57 Col. Arboleadas del Sur
C.P. 14370, Tlalpan, México, D.F.